Zen Geschichten - to go

Zen-Weisheit für den urbanen Lifestyle

Geschichten, die inspirieren und den Geist beflügeln

Impressum:

Titel:

Zen Geschichten „to go"

„Zen-Weisheit für den urbanen Lifestyle - Geschichten, die inspirieren und den Geist beflügeln"

Umschlaggestaltung: Andreas Wehle

Coverfoto: Andreas Wehle

Social-Media-Kanäle: https://t.me/Wandlungspfade ; https://www.instagram.com/wandlungspfade/

Copyright © 2023 by Andreas Wehle

Alle Rechte vorbehalten. Ohne ausdrückliche Genehmigung des Verlags darf kein Teil dieses Buches reproduziert, vervielfältigt oder verbreitet werden.

Haftungsausschluss: Trotz sorgfältiger Recherche und Erstellung des Buches übernimmt der Verlag keine Haftung für die Richtigkeit, Aktualität und Vollständigkeit der in diesem Buch enthaltenen Informationen. Jegliche Haftung für Schäden, die direkt oder indirekt aus der Verwendung dieses Buches entstehen, ist ausgeschlossen.

Herstellung und Verlag: BoD – Books on Demand, Norderstedt

ISBN: 9783743139275

Inhalt:

Vorwort – S. 7

Die Kraft des Weiblichen - Eine Geschichte voller Vertrauen und Liebe - S. 8

Der Weg des Erblühens – Ein Weg des Vertrauens im Zen - S. 10

Der wahre Sinn des Lebens - Die Weisheit des Lebens verstehen – S. 11

Der Schlüssel zur Erweckung des Geistes Ein universeller Zen-Weg – S. 13

Der Weg des Verzichts – Loslassen im Zen – S. 15

Die Schönheit des Herzens – Erkennen durch den Weg des Zen – S. 17

Die Kunst, das Unbekannte zu umarmen – Mut zur Entfaltung – S. 19

Über das Verständnis von Liebe - Eine Reise des Wachsens und der Erkenntnis – S. 21

Die heilende Kraft der Vergebung - Eine Weisheitsgeschichte über die Kraft des Verstehens – S. 23

Das Geheimnis der Weiblichkeit - Eine Entdeckungsreise zur Selbstliebe – S.26

Die Suche nach Erkenntnis - Eine Reise zum Einklang mit dem Universum – S. 28

Die Erleuchtung beginnt im Geist - Eine Geschichte über den Weg zum Glück - S.30

Die Weisheit des bewussten Gehens - Eine Lehre der Achtsamkeit und Verbundenheit – S. 32

Die Wurzeln des Glücks: Eine Geschichte über das Erden des Herzens – S.35

Die Überwindung der Illusion - Eine Geschichte über die Macht der Gegenwart – S.36

Die Bürde der Moral - Eine Geschichte über Mitgefühl und Intuition – S.38

Die Oase der Ruhe – Der Pfad der inneren Mission – S.40

Die Kunst des Zazen – Eine Geschichte über Mitgefühl und Liebe – S.42

Die wahre Liebe als Disziplin - Ein Weg zur Vervollkommnung – S.44

Vom Verlangen zur Erfüllung - Die Schönheit des Inneren Dao – S. 45

Die Reise durch die Wüste – Auf den Spuren des Dao – S.47

Verwurzelt und flexibel - Wie wir durch die Natur Weisheit erlangen – S.49

Raum für Wachstum - Eine Geschichte über das Entfalten von Potentialen – S. 51

Verbindung mit der Natur - Eine Quelle der Heilung und Erkenntnis – S.52

Der Fluss des Lebens – Im Einklang mit dem Dao- S.54

Die heilende Kraft der Stimme: Eine Geschichte über den Selbstausdruck- S.55

Der Garten des Bewusstseins – Eine Entdeckungsreise in die Weiten des Bewusstsein – S.57

Die Weisheit des Dao - Eine Geschichte über den Kreislauf des Lebens – S.59

Epilog S.61

Vorwort

Liebe Leserinnen, liebe Leser,

wir leben in einer Zeit, die oft hektisch und voller Stress ist. Inmitten dieses Trubels fällt es oft schwer, zur Ruhe zu kommen und den Kopf frei zu bekommen. Doch gerade das hilft uns, ein erfülltes und glückliches Leben zu führen.

Mit diesem Buch möchten wir Ihnen helfen, einen Moment der Ruhe und Inspiration zu finden - wo immer Sie sind und was immer Sie gerade tun. Die Zen-Geschichten in diesem Buch sind wie ein Stück heitere Weisheit für den urbanen Lebensstil. Sie erinnern uns daran, dass die Schönheit des Lebens oft in den kleinen Dingen verborgen liegt und dass wir uns nicht von Äußerlichkeiten blenden lassen sollten.

Ob Sie diese Geschichten auf Ihrem täglichen Weg zur Arbeit lesen oder sie als Teil Ihrer Meditationspraxis nutzen, sie werden Ihnen helfen, Ihren Geist zu beruhigen und Ihre Wahrnehmung für die Welt um Sie herum zu schärfen. Wir hoffen, dass diese Geschichten Sie inspirieren und Ihnen helfen, Ihre innere Weisheit zu entfalten.

In diesem Sinne wünschen wir Ihnen viel Freude mit den "Zen-Geschichten to go".

Ihr Andreas Wehle

Die Kraft des Weiblichen - Eine Geschichte voller Vertrauen und Liebe

Vor nicht allzu langer Zeit lebte eine Frau, die sich auf die Geburt ihres ersten Kindes vorbereitete. Sie hatte sich sorgfältig auf die Niederkunft vorbereitet und vertraute ihrem Körper und der Weisheit der Natur.

Als die Wehen einsetzten, rief sie ihre Freundinnen und Vertrauten zu sich, um sie zu unterstützen. Sie begann tief zu atmen und sich auf die Kraft ihres Körpers zu konzentrieren. Mit jeder Wehe spürte sie, wie sich ihr Körper öffnete und das Baby sich langsam auf den Weg machte.

Die Frauen um sie herum unterstützten sie mit liebevollen Worten und Berührungen und erinnerten sie daran, dass sie diese kraftvolle Aufgabe vollbringen konnte. Die werdende Mutter spürte die Energie ihrer Ahnen und der ganzen Natur in ihrem Körper und wusste, dass sie nicht allein war.

Nach einigen Stunden kam das Neugeborene zur Welt. Die Frau war überwältigt von Glück und Dankbarkeit und spürte, wie ihre eigenen Kräfte und ihre Verbindung zur Natur gestärkt wurden. Sie wusste, dass sie jede Herausforderung meistern konnte, wenn sie sich auf ihre innere Weisheit und die Liebe der Menschen um sie herum verließ.

Diese Geschichte erinnert uns daran, dass Frauen eine unglaubliche Kraft und Weisheit in sich tragen, die sie bei einer natürlichen Geburt einsetzen können. Sie ermutigt uns, unserem Körper und unseren natürlichen Fähigkeiten zu vertrauen und uns von der Liebe und Unterstützung unserer Gemeinschaft tragen zu lassen.

Der Weg des Erblühens – Ein Weg des Vertrauens im Zen

Ein werdender Vater suchte einen weisen Dao-Meister auf und fragte: "Meister, ich werde bald Vater und möchte meinem Kind das beste Leben bieten. Was sollte ich tun?"

Der Meister antwortete: "Beobachte die Natur, mein Freund. Sie zeigt uns, wie man geboren wird und wie man lebt. Beobachte die Entstehung einer Blume. Sie wächst aus einem Samenkorn, durchbricht die Erde und beginnt zu blühen. So wie eine Blume geboren wird, so wird auch dein Kind geboren werden. Es wird wachsen und blühen, wenn du ihm Raum gibst, sich zu entfalten."

Der werdende Vater nickte verständnisvoll und fragte: "Aber wie kann ich meinem Kind helfen, sich zu entfalten?"

Der Meister lächelte und antwortete: "Indem du ihm erlaubst, es selbst zu tun. Sei ein guter Zuhörer, ein liebevoller Begleiter und ein weiser Lehrer. Gib deinem Kind Raum zum Forschen und Experimentieren. Ermutige es, Fehler zu machen und daraus zu lernen. Auf diesem Weg wird dein Kind wachsen und blühen wie eine Blume".

Und so begleitete der Vater sein Kind in die Welt, sah es wachsen und gedeihen und erkannte, dass die Weisheit des Meisters wahr war.

Der wahre Sinn des Lebens - Die Weisheit des Lebens verstehen

Ein junger Schüler fragte seinen Meister: "Meister, was ist der Sinn des Lebens?"

Der Meister antwortete: "Ich könnte dir diese Frage beantworten, aber zuerst muss ich dich fragen: Was glaubst du, ist der Sinn des Lebens?

Der Schüler antwortete: "Ich denke, der Sinn des Lebens besteht darin, glücklich und erfolgreich zu sein, reich zu sein und ein erfülltes Leben zu führen."

Der Meister schüttelte den Kopf und sagte: "Das ist nicht der Sinn des Lebens, denn all diese Dinge sind vergänglich. Glück und Erfolg können so rasch verschwinden, wie sie gekommen

sind, und Reichtum ist nicht das, was dir inneren Frieden und Zufriedenheit bringt."

Der Schüler war verwirrt und fragte: "Was ist dann der Sinn des Lebens, Meister?"

Der Meister antwortete: "Der Sinn des Lebens besteht darin, jeden Augenblick bewusst zu leben, ohne sich um die Vergangenheit oder die Zukunft zu sorgen. Der Sinn des Lebens besteht darin, das Leben in all seinen Facetten anzunehmen, ohne es zu bewerten oder zu verurteilen. Der Sinn des Lebens besteht darin, anderen zu helfen und für sie da zu sein, ohne etwas dafür zu erwarten. Der Sinn des Lebens besteht darin, in Harmonie mit der Natur zu leben und unsere Verbundenheit mit allem um uns herum zu spüren".

Der Schüler dachte eine Weile darüber nach und sagte dann: "Aber das klingt so einfach, Meister. Wie kann ich das in meinem Leben umsetzen?"

Der Meister lächelte und erzählte ihm eine Geschichte: "Ein Mann fragte einmal einen alten Zen-Mönch, wie er Glück und Erfüllung finden könne. Der Mönch antwortete: 'Wenn du aufhörst, nach Glück und Erfüllung zu suchen, wirst du sie finden. Der Mann war verwirrt und fragte: 'Aber wie soll ich das machen?' Der Mönch antwortete: 'Wenn du aufhörst zu suchen, so wirst du automatisch fündig. Es ist wie bei einem verlorenen Schlüssel: Je mehr du suchst, desto schwieriger wird es, ihn zu finden. Wenn du aufhörst zu suchen, wirst du ihn finden, wenn du es am wenigsten erwartest." Der Schüler verstand die Weisheit der Geschichte. Er dankte seinem Meister für die Unterweisung.

Der Schlüssel zur Erweckung des Geistes
Ein universeller Zen-Weg

Ein Schüler fragte seinen Meister: "Meister, wie soll ich atmen?"

Der Meister antwortete: "Atme einfach."

Der Schüler fragte erneut: "Aber wie atme ich richtig?"

Der Meister lächelte und erklärte: "Wenn du tief ein- und ausatmest, spürst du, wie sich dein Körper entspannt und dein Geist zur Ruhe kommt. Wenn du flach atmest, bleibt dein Geist unruhig und dein Körper angespannt. Atme daher tief und langsam ein und aus, um deinen Geist und den Körper zu beruhigen".

Der Schüler dankte dem Meister und praktizierte das tiefe Atmen jeden Tag. Mit der Zeit bemerkte er, dass er ruhiger, ausgeglichener und konzentrierter wurde. Sein Geist war klar und sein Körper entspannt. Er erkannte, dass die Atemtechnik nicht nur dazu dient, den Körper mit Sauerstoff zu versorgen, sondern auch dazu, den Geist zu beruhigen und das Bewusstsein zu erweitern.

Daraufhin kehrte der Schüler zum Meister zurück und sagte: "Meister, ich verstehe jetzt, dass das Atmen nicht nur eine körperliche Funktion ist, sondern auch eine spirituelle Praxis. Vielen Dank für Ihre Weisheit.

Der Meister lächelte und erwiderte: "Der Atem ist der Schlüssel zum Erwachen des Geistes und zur Verbindung mit dem Universum. Behandle sie daher mit großer Sorgfalt und Achtsamkeit."

Die Geschichte lehrt uns, dass die Atmung mehr als nur eine körperliche Funktion ist. Es ist ein Werkzeug, um den Geist zu beruhigen, das Bewusstsein zu erweitern und eine tiefere Verbindung mit dem Universum herzustellen. Durch bewusstes und tiefes Atmen können wir uns selbst heilen, unsere Sinne schärfen und unser Leben mit mehr Achtsamkeit und Präsenz bereichern.

"Nur wenn du den Augenblick lebst, lebst du wirklich."
Zen-Weisheit

Der Weg des Verzichts – Loslassen im Zen

Ein junger Mann besuchte einen Zen-Meister und fragte ihn: "Meister, ich bin so unglücklich und unzufrieden in meinem Leben. Ich möchte mich dem Weg der Erleuchtung widmen. Aber ich fürchte, dass ich zu sehr an meinen weltlichen Besitztümern hänge und nicht in der Lage bin, den Verzicht zu üben, der für diesen Weg notwendig ist. Was soll ich tun?"

Der Zen-Meister antwortete: "Es ist wahr, dass der Verzicht ein wichtiger Bestandteil des spirituellen Weges ist. Aber das bedeutet nicht, dass du alle deine weltlichen Besitztümer aufgeben musst. Verzicht bedeutet, dass du dich von deiner ungesunden Beziehung zu diesen Dingen befreist und ihnen erlaubst, ihren eigenen Weg zu gehen".

Der junge Mann fragte: "Wie kann ich das tun?"

Der Zen-Meister antwortete: "Zuerst musst du erkennen, dass du nicht dein Besitz bist. Du bist viel mehr als das. Deine Identität und dein Sein sind viel größer als alles, was du besitzt. Sobald du das erkannt hast, kannst du deine Beziehung zu deinen Besitztümern ändern. Du wirst in der Lage sein, sie loszulassen, ohne dass sie dich von deinem Weg abbringen."

Der Jüngling nickte verständnisvoll. "Ich verstehe, Meister. Aber wie übe ich die höhere Entsagung?"

Der Zen-Meister antwortete: "Eine Möglichkeit ist, das richtige Atmen zu üben. Beim Atmen lernst du, dich auf den Augenblick zu konzentrieren und loszulassen, was dir nicht mehr dient. Du lernst, deinen Geist zu beruhigen und dich von Gedanken und Gefühlen zu befreien. Du wirst feststellen, dass du in der Lage bist, dich von deinen weltlichen Besitztümern zu lösen und ein glückliches und erfülltes Leben zu führen".

Der junge Mann dankte dem Meister und begann, sich im richtigen Atmen zu üben. Mit der Zeit fand er Frieden und Zufriedenheit in seinem Leben und entdeckte die wahre Bedeutung der Entsagung.

"Der Weg ist das Ziel."

Zen-Spruch

Die Schönheit des Herzens – Erkennen durch den Weg des Zen

Es war einmal ein kleines Mädchen, das in einem kleinen Dorf in Japan lebte. Das Mädchen war sehr hübsch und alle im Dorf bewunderten ihre Schönheit. Eines Tages traf das Mädchen einen alten Mann, der ihr eine Frage stellte: "Was ist das Geheimnis wahrer Schönheit?"

Das Mädchen war überrascht und konnte nicht sofort antworten. Sie dachte lange darüber nach und kam schließlich zu dem Schluss, dass wahre Schönheit darin bestehe, schöne Kleider zu tragen, sich zu schminken und die Haare zu frisieren.

Der alte Mann lächelte und sagte: "Das mag für einige Menschen oberflächliche Schönheit sein, aber wahre Schönheit kommt von innen. Es ist die Schönheit des Geistes und des Herzens, die sich im Gesicht widerspiegelt. Es ist die Art und Weise, wie man sich anderen gegenüber verhält und wie man sich selbst sieht."

Zuerst verstand das Mädchen nicht, was der alte Mann meinte. Aber als sie darüber nachdachte, wurde ihr klar, dass er Recht hatte. Sie erkannte, dass es nicht darauf ankam, wie sie aussah, sondern wer sie war und wie sie sich anderen gegenüber verhielt. Sie begann, sich auf ihre inneren Werte zu konzentrieren und sich um andere zu kümmern, statt nur um sich selbst.

Das Mädchen veränderte sich und die Leute im Dorf bemerkten es. Sie fanden, dass das Mädchen noch schöner geworden war als zuvor. Sie erkannten, dass wahre Schönheit tief im Inneren eines Menschen liegt und nicht durch äußere Schönheit ersetzt werden kann.

So lehrte das kleine Mädchen das Dorf das Geheimnis wahrer Schönheit, indem es die Aufmerksamkeit auf das Wesentliche lenkte und den Blick für die inneren Werte öffnete.

"Eine Reise von tausend Meilen beginnt mit einem Schritt."

-Zen-

Die Kunst, das Unbekannte zu umarmen – Mut zur Entfaltung

Es war einmal ein Mädchen namens Yuki, das in einem kleinen Dorf in Japan lebte. Eines Tages beschloss sie, sich auf eine Reise zu begeben, um die Welt jenseits des Dorfes zu erkunden.

Als sie sich auf den Weg machte, geriet sie in einen heftigen Sturm und verirrte sich im Wald. Yuki hatte Angst und wusste nicht, wie sie zurück ins Dorf finden sollte. Sie setzte sich auf einen Felsen und fing an zu weinen.

Als sie dort saß, hörte sie plötzlich eine Stimme, die zu ihr sagte: "Hast du Angst, Yuki?"

Yuki blickte auf und sah eine alte Frau, die sie noch nie zuvor gesehen hatte.

"Ja", antwortete Yuki. "Ich habe Angst vor dem Unbekannten. Ich weiß nicht, wie ich allein im Wald überleben soll."

Die alte Frau lächelte und sagte: "Das Unbekannte kann beängstigend sein, aber es birgt auch das Potenzial für Wachstum und Entdeckungen. Wenn du dich deiner Angst stellst und mutig voranschreitest, wirst du innere Stärke und Selbstvertrauen gewinnen."

Yuki dachte über diese Worte nach und beschloss, der alten Frau zu vertrauen. Sie stand auf und atmete tief durch, um ihre Angst zu beruhigen.

Dann sah sie sich im Wald um und begann, die Schönheit der Natur um sich herum zu erkennen. Sie bemerkte die Farben der

Blätter und die Geräusche der Tiere und fühlte sich allmählich ruhiger und sicherer.

Als der Sturm vorüber war, kehrte Yuki in ihr Dorf zurück und erzählte ihren Freunden und ihrer Familie von ihrer Reise und wie sie ihre Angst überwunden hatte. Sie erkannte, dass das Leben viele Herausforderungen mit sich bringt, aber wenn man den Mut hat, sich ihnen zu stellen, kann man unerwartete Schönheit und Stärke entdecken.

Von diesem Tag an atmete Yuki jeden Tag tief ein und aus und erinnerte sich daran, dass sie ihre Ängste überwinden und ihre innere Stärke finden kann, wenn sie sich auf das Hier und Jetzt konzentriert und mutig voranschreitet.

Über das Verständnis von Liebe - Eine Reise des Wachsens und der Erkenntnis

Es waren einmal eine junge Frau und ein junger Mann, die sich sehr ineinander verliebt hatten. Sie verbrachten viel Zeit miteinander, sprachen über ihre Träume und Zukunftspläne und genossen ihre Zweisamkeit. Mit der Zeit stellten sie jedoch fest, dass sie unterschiedliche Vorstellungen von Liebe und Beziehung hatten.

Für die junge Frau bedeutete Liebe, sich gegenseitig zu unterstützen und füreinander da zu sein, auch in schwierigen Zeiten. Der junge Mann hingegen glaubte, dass Liebe bedeute, immer glücklich und zufrieden miteinander zu sein, ohne dass es jemals Konflikte oder Streit gibt.

Eines Tages gerieten sie in einen heftigen Streit, der fast zur Trennung geführt hätte. Doch in einem Moment der Stille erkannten sie, dass wahre Liebe bedeutet, auch in schwierigen Zeiten füreinander da zu sein und sich gegenseitig zu unterstützen. Sie erkannten, dass Liebe nicht immer einfach und unkompliziert ist, sondern manchmal auch Mut erfordert, um Konflikte zu lösen und gemeinsam zu wachsen.

Sie beschlossen, an ihrer Beziehung zu arbeiten und sich gegenseitig zu unterstützen. Sie erkannten, dass wahre Liebe nicht nur eine emotionale Bindung ist, sondern auch ein aktiver Prozess des gegenseitigen Gebens und Nehmens.

Die junge Frau und der junge Mann erkannten, dass wahre Liebe nicht nur bedeutet, sich umeinander zu kümmern und füreinander da zu sein, sondern auch gemeinsam zu wachsen und sich weiterzuentwickeln. Sie erkannten, dass Liebe ein Weg des Wachsens und Erkennens ist und dass sie durch ihre Beziehung zu einem besseren Verständnis von sich selbst und der Welt um sie herum gelangen konnten.

Und so wuchsen sie zusammen, unterstützten einander und realisierten, dass wahre Liebe nicht nur ein Gefühl, sondern auch eine Handlung ist.

"Nur wenn du den Augenblick lebst, lebst du wirklich."

- Zen-Weisheit

Die heilende Kraft der Vergebung -
Eine Weisheitsgeschichte über die Kraft des Verstehens

Ein Meister schlenderte durch ein kleines Dorf, als er auf eine Gruppe von Menschen traf, die sich heftig stritten. Er trat näher und hörte, wie sie sich gegenseitig beschuldigten und einander die Schuld für ihre Streitigkeiten gaben.

Der Meister fragte: "Wozu dienen eure Anschuldigungen und Streitigkeiten? Wollt ihr nicht alle in Frieden leben?"

"Ja, ja, aber er hat mir das angetan", sagte einer.

"Er hat mich beleidigt", sagte ein anderer.

"Und er hat meine Familie verraten", sagte ein dritter.

Der Meister schaute in die Augen eines jeden von ihnen und sagte: "Ich sehe euren Schmerz und eure Enttäuschung. Aber seht ihr nicht, dass ihr alle Opfer und Täter seid? Indem ihr eure Schuld auf andere schiebt, macht ihr euch selbst zu Opfern und befreit euch von der Verantwortung für eure Taten."

Die Gruppe schwieg, und der Meister fuhr fort: "Es gibt nur einen Weg, Frieden und Freiheit zu finden: Vergebung. Wenn ihr eure Fehler anerkennt und die Fehler der anderen verzeiht, werdet ihr von der Last des Hasses und der Schuld befreit."

"Vergebung? Wie können wir vergeben, wenn andere uns so sehr verletzt haben?

Der Meister lächelte und antwortete: "Vergebung ist nicht für die anderen, sondern für euch selbst. Sie befreit euch von der Last des Grolls und der Wut, die euer Herz bedrücken. Und wenn ihr euch von diesem Schmerz befreit, werdet ihr fähig sein, Frieden und Freiheit zu finden."

Die Gruppe schwieg erneut und dachte über die Worte des Meisters nach. Schließlich sagte einer: "Aber wie können wir vergeben?"

Der Meister antwortete: "Vergebung beginnt mit Verstehen. Versteht, dass jeder von uns Fehler macht und dass niemand perfekt ist. Wenn ihr versteht, dass die anderen auch nur Menschen sind und Fehler machen, werdet ihr in der Lage sein, ihnen zu vergeben."

"Und wie können wir verstehen lernen?" fragte ein anderer.

"Indem ihr eure Herzen öffnet und einander zuhört", antwortete der Meister. "Sprecht miteinander, teilt eure Gedanken und Gefühle und hört einander zu. Wenn ihr euch auf diese Weise verbindet, werdet ihr in der Lage sein, die Bande der Liebe und der Vergebung zu knüpfen, die euch alle miteinander verbinden."

Die Gruppe nickte und der Meister lächelte. "Vergebung beginnt bei euch", sagte er. "Öffnet eure Herzen und lasst Liebe und Vergebung hinein." Und mit diesen Worten ging er weiter.

Die Gruppe blieb zurück und sah ihm nach. Schließlich wandten sie sich einander zu und begannen zu reden, einander zuzuhören und ihre Gedanken und Gefühle miteinander zu teilen. Vergebung begann in ihren Herzen zu brennen, als sie begriffen, dass jeder von ihnen Fehler gemacht hatte. Sie erkannten, dass jeder von ihnen in der Lage war, zu vergeben und vergeben zu werden. Sie begannen, ihre Vorwürfe loszulassen und ihre Herzen füreinander zu öffnen. Mit der Zeit heilten die Wunden und die Beziehungen untereinander wurden stärker. Die Gruppe fand Frieden und Freiheit durch Vergebung und Verständnis. Sie lernten, dass Vergebung nicht nur eine Handlung, sondern ein Lebensweg ist und dass wahre Freiheit nur durch die Befreiung des Herzens von Hass und Schuld erreicht werden kann. So endete die Geschichte mit einer Erkenntnis: Vergebung kann uns allen helfen, in Frieden und Harmonie miteinander zu leben.

"Wenn du den Berg besteigen willst, fang an, an seiner Basis zu graben."

- Zen-

Das Geheimnis der Weiblichkeit - Eine Entdeckungsreise zur Selbstliebe

Es war einmal eine junge Frau, die sich auf die Suche nach dem wahren Wesen der Weiblichkeit begab. Sie las zahlreiche Bücher, befragte spirituelle Lehrer und besuchte Seminare, ohne eine befriedigende Antwort zu finden.

Eines Tages begegnete sie einem Zen-Meister, der in einer kleinen Hütte an einem See lebte. Sie bat ihn, ihr zu helfen, das Geheimnis der Weiblichkeit zu verstehen.

Der Meister nickte und sagte: "Komm morgen früh wieder, dann zeige ich dir, was Weiblichkeit wirklich bedeutet".

Am nächsten Morgen begab sich die junge Frau in aller Frühe zur Hütte des Meisters. Er lud sie ein, sich auf einen Stuhl vor der Hütte zu setzen und sich auszuruhen.

Der Meister bat sie, auf den See zu schauen und ihm zu sagen, was sie sah. Die junge Frau schaute auf den See und sah eine schöne Landschaft, eine malerische Umgebung und eine friedliche Stimmung.

Der Meister nickte zufrieden und sagte: "Das ist es, was die meisten Menschen sehen, wenn sie auf den See schauen. Aber du wirst entdecken, was Weiblichkeit wirklich bedeutet".

Er forderte die junge Frau auf, aufzustehen und auf das Wasser des Sees zu schauen. "Was siehst du?", fragte er.

"Ich sehe mein Spiegelbild im Wasser", antwortete sie.

"Genau", sagte der Meister. "Das ist Weiblichkeit. Die Fähigkeit, sich in allem zu sehen. Die Fähigkeit, sich selbst in der Natur zu sehen, in anderen Menschen, in den Tieren, in allem, was uns umgibt. Das ist die Essenz des Weiblichen".

Die junge Frau erkannte, dass sie die Antwort, nach der sie so lange gesucht hatte, schon immer in sich trug. Die wahre Weiblichkeit war nicht etwas, das sie im Außen suchen musste, sondern etwas, das in ihr selbst lag.

Und so verließ sie den Meister voller Dankbarkeit und Verständnis dafür, was es bedeutet, eine Frau zu sein.

Die Suche nach Erkenntnis - Eine Reise zum Einklang mit dem Universum

Es war einmal eine junge Frau auf der Suche nach Wahrheit und Erkenntnis. Eines Tages traf sie eine weise Greisin, die in den Bergen lebte und sich um einen Tempel kümmerte. Die junge Frau fragte die Alte, ob sie ihr etwas über das Universum und ihre Rolle darin erzählen könne.

Die Alte schaute der jungen Frau tief in die Augen und sagte: "Das Universum ist wie ein großer Fluss. Jede Bewegung, die du machst, sendet Wellen durch diesen Fluss und beeinflusst alles um dich herum. Das ist die höhere Empfängnis."

Die junge Frau war verwirrt und fragte: "Aber wie kann ich lernen, meine Bewegungen bewusst zu machen, um einen positiven Einfluss auf das Universum zu haben?"

Die alte Frau antwortete: "Es ist wie beim Atmen. Du atmest ein und aus, ohne es zu merken. Aber wenn du dich auf deinen Atem konzentrierst und ihn bewusst lenkst, kannst du deinen Geist beruhigen und Frieden finden. Genauso kannst du lernen, dir deiner Bewegungen bewusst zu werden und einen positiven Einfluss auf das Universum auszuüben".

Die junge Frau verstand und beschloss, von der Alten zu lernen. Tagelang pflegte sie den Tempel und übte sich in Meditation. Sie lernte, bewusst zu handeln und in Harmonie mit dem Universum zu leben.

Als die junge Frau eines Tages den Tempelhof fegte, bemerkte sie, dass ein kleiner Vogel auf dem Boden lag und nicht mehr atmete. Sie hob ihn vorsichtig auf und fühlte, dass er noch warm war. Sie dachte an das, was die alte Frau gesagt hatte, und beschloss, den Vogel wiederzubeleben.

Sie setzte sich hin und atmete bewusst ein und aus. Sie konzentrierte sich darauf, dem Vogel Leben einzuhauchen. Nach einer Weile flog der Vogel plötzlich auf und verschwand in den Wolken. Die junge Frau war glücklich und dankbar für diese Erfahrung.

Die alte Frau sah, wie glücklich die junge Frau war und sagte: "Siehst du, wie du durch deine bewusste Handlung positive Energie in das Universum gesandt hast? Das ist die höhere Empfängnis. Wenn du bewusst handelst und dich auf das Gute konzentrierst, wirst du immer positive Energie in das Universum senden und Frieden finden".

Die junge Frau verstand nun endgültig, was die höhere Empfängnis bedeutete und lebte von da an in Harmonie mit dem Universum.

"Das Leben ist wie ein Fluss, manchmal fließt es sanft, manchmal wild. Lerne, mit seinen Strömungen zu schwimmen." - Zen-Weisheit

Die Erleuchtung beginnt im Geist -
Eine Geschichte über den Weg zum Glück

Es war einmal ein junger Mann, der in einem Dorf lebte und sich oft über die Welt um ihn herum wunderte. Er fragte sich, warum manche Menschen glücklich waren, während andere immer unglücklich zu sein schienen. Eines Tages hörte er von einem weisen Zen-Meister, der in einem wunderschönen, blühenden Garten in den Bergen lebte und Antworten auf seine Fragen haben könnte.

So machte sich der junge Mann auf den Weg zu dem Garten des Meisters. Nach einigen Tagen Wanderung erreichte er schließlich den Garten und traf den weisen Zen-Meister. Der Meister begrüßte ihn freundlich und fragte ihn, warum er gekommen sei.

Der junge Mann antwortete: "Meister, ich frage mich, warum manche Menschen glücklich sind und andere nicht. Ich frage mich, was der Unterschied ist und wie auch ich glücklich werden kann.

Der Meister lächelte und sagte: "Mein lieber Junge, das Glück liegt nicht in äußeren Dingen, sondern in dir selbst. Du bist dort, wo dein Gedanke ist, denn du bist dein Bewußtsein. Und du wirst, worüber du nachdenkst."

Der junge Mann war verwirrt und fragte: "Was heißt das, Meister?"

Der Meister antwortete: "Stell dir dein Bewusstsein wie einen Garten vor. Wenn du gute Gedanken pflanzt, wirst du Freude und Glück ernten. Wenn du aber schlechte Gedanken pflanzt, wirst du Kummer und Schmerz ernten. Dein Geist ist wie ein Garten, der gepflegt und genährt werden muss, um Früchte zu tragen."

Der junge Mann verstand nicht ganz und fragte: "Wie kann ich meinen Geist pflegen und nähren?"

Der Meister erwiderte: "Praktiziere die Kunst der Achtsamkeit. Sei dir bewusst, was in deinem Geist vorgeht, und achte auf die Gedanken, die du säst. Wenn negative Gedanken auftauchen, erkenne sie und lass sie gehen. Pflanze stattdessen positive Gedanken und erfreue dich an ihrer Schönheit".

Der junge Mann dankte dem Meister und kehrte in sein Dorf zurück. Dort begann er, sich in der Kunst der Achtsamkeit zu üben. Er beobachtete seine Gedanken und erkannte, welche Gedanken ihn glücklich und welche ihn unglücklich machten. Mit der Zeit wurde er immer besser darin, seine Gedanken zu kontrollieren und seinen Geist mit positiven Gedanken zu nähren.

Eines Tages traf er den Zen-Meister wieder und sagte: "Meister, ich verstehe jetzt, was du meinst. Ich habe gelernt, dass das Glück in mir liegt und dass ich meine Gedanken kontrollieren kann. Ich danke dir für deine Weisheit.

Der Meister lächelte und sagte: "Mein lieber Junge, du hast den Weg zur Erleuchtung begonnen. Du musst ihn weiter beschreiten, um in vollkommener Glückseligkeit zu leben."

Die Weisheit des bewussten Gehens - Eine Lehre der Achtsamkeit und Verbundenheit

Es war einmal ein junger Bursche, der unruhig durch das Leben ging. Eines Tages traf er eine weise Alte, die in einer kleinen Hütte am Fluss lebte. Der Junge fragte die Alte, wie er sein Leben harmonischer und erfüllter gestalten könne.

Die Alte lächelte und sagte: "Mein lieber Junge, du suchst den Weg zu einem harmonischen Leben, aber du vergisst das Wichtigste: bewusst zu gehen."

Der Junge war verwirrt und fragte: "Bewusst gehen? Was heißt das?"

Die Alte antwortete: "Bewusst gehen ist eine Praxis der Achtsamkeit, die dir hilft, im Hier und Jetzt zu leben. Wenn du bewusst gehst, spürst du jeden Schritt und jede Berührung des Bodens unter deinen Füßen. Du bist vollkommen im Augenblick und kannst die Schönheit des Lebens um dich herum wahrnehmen".

Der Junge fragte: "Wie kann ich lernen, bewusst zu gehen?"

Die Alte antwortete: " Beginne, jeden Schritt bewusst zu machen. Spüre, wie dein Fuß den Boden berührt, wie sich deine Muskeln bewegen, wie dein Atem fließt. Wenn du dich auf das Gehen konzentrierst, wird dein Geist ruhiger und du bist ganz im Augenblick. Diese Achtsamkeitspraxis wird dir helfen, Harmonie und Frieden in dein Leben zu bringen.

Der Bursche beschloss, sich im bewussten Gehen zu üben. Er wanderte durch Wälder und über Berge und konzentrierte sich auf jeden Schritt. Mit der Zeit merkte er, dass er ruhiger wurde und eine tiefere Verbindung zur Natur spürte.

Eines Tages traf er die alte Frau wieder und sagte: "Ich verstehe jetzt, wie das bewusste Gehen mir hilft, Harmonie und Frieden in mein Leben zu bringen. Aber wie kann ich diese Praxis im Alltag anwenden?"

Die Alte antwortete: "Bewusstes Gehen ist eine Praxis, die du überall anwenden kannst. Ob du zur Arbeit gehst, zum Einkaufen oder einfach nur spazieren gehst, konzentriere dich auf jeden Schritt und jede Berührung des Bodens unter deinen Füßen. Diese Praxis wird dir helfen, achtsamer zu sein und in Harmonie mit dir selbst und der Welt um dich herum zu leben".

Der Junge dankte der Alten und verließ ihre Hütte mit einem ruhigen Herzen und einer tiefen Verbindung zur Natur. Von diesem Tag an praktizierte er das bewusste Gehen jeden Tag und fand Frieden und Harmonie in seinem Leben.

Die Wurzeln des Glücks - Eine Geschichte über das Erden des Herzens

Es begab sich einmal, dass ein Mann sein ganzes Leben lang auf der Suche nach Glück und Erfolg war. Er reiste um die Welt und erlebte viele Abenteuer, aber immer fühlte er sich unzufrieden und unvollständig.

Eines Tages traf er einen alten Zen-Meister, der in einer Hütte am Waldrand lebte. Der Mann erzählte dem Meister von seinem Leben und seiner Suche nach Glück und Erfolg.

Der Meister hörte ihm zu und sagte: "Mein lieber Freund, das Glück und der Erfolg, die du suchst, sind bereits in dir. Du musst nur dein Herz erden, um sie zu finden."

Der Mann war verwirrt und fragte: "Wie kann ich mein Herz erden?"

Der Meister antwortete: "Indem du deine Wurzeln in der Erde findest. Stell dir vor, du bist wie ein Baum, dessen Wurzeln tief in die Erde reichen. Wenn du dich auf deine Wurzeln konzentrierst, fühlst du dich verbunden und im Augenblick präsent. Dein Herz wird geerdet sein und du wirst die Schönheit und Freude des Lebens um dich herum wahrnehmen".

Der Mann war skeptisch, aber er beschloss, dem Meister zu vertrauen und begann, nach seinen eigenen Wurzeln zu suchen. Er verbrachte viel Zeit in der Natur, meditierte und übte sich in Achtsamkeit.

Mit der Zeit spürte er, wie sein Herz geerdet wurde. Er fühlte sich ruhiger, glücklicher und erfüllter als je zuvor. Er erkannte, dass wahres Glück und Erfolg nicht in der äußeren Welt zu finden waren, sondern in seinem eigenen geerdeten Herzen.

Eines Tages besuchte er den Meister wieder und sagte: "Ich danke dir, dass du mir geholfen hast, mein Herz zu erden. Endlich habe ich das wahre Glück und den Erfolg gefunden, nach dem ich mich so lange gesehnt habe.

Der Meister lächelte und sagte: "Mein lieber Freund, das wahre Glück und der Erfolg waren schon immer in dir. Du musstest nur dein Herz erden, um sie zu finden. Jetzt kannst du in Frieden und Harmonie mit dir selbst und der Welt um dich herum leben."

Der Mann dankte dem Meister und verließ die Hütte mit einem geerdeten Herzen und einem tiefen Verständnis des Lebens. Von diesem Tag an praktizierte er das geerdete Herz jeden Tag und fand Frieden, Freude und Erfüllung in allem, was er tat.

"Das Glück ist wie ein Schmetterling: Es kommt zu dir, wenn du es am wenigsten erwartest."

- Zen-

Die Überwindung der Illusion - Eine Geschichte über die Macht der Gegenwart

Es war einmal ein junger Mann, der von Ängsten geplagt wurde. Er hatte Angst vor der Zukunft, Angst zu versagen, Angst abgelehnt zu werden. Die Angst bestimmte sein Leben und ließ ihn oft zögern, wenn er wichtige Entscheidungen treffen musste.

Eines Tages traf er einen alten Zen-Meister, der ihn fragte: "Warum hast du Angst, mein Sohn?"

Der junge Mann antwortete: "Ich habe Angst davor, Fehler zu machen und zu versagen. Ich habe Angst, nicht gut genug zu sein und von anderen abgelehnt zu werden."

Der Meister nickte verständnisvoll und sagte: "Ich verstehe deine Ängste, aber du musst lernen, sie zu überwinden, wenn du ein erfülltes Leben führen willst."

Der junge Mann fragte: "Aber wie soll ich meine Angst überwinden?"

Der Meister antwortete: "Indem du erkennst, dass deine Angst eine Illusion ist. Sie ist eine Schöpfung deines Verstandes, die dich daran hindert, dein volles Potential zu entfalten. Aber du kannst diese Illusion durchschauen und lernen, sie zu überwinden".

Der junge Mann fragte: "Aber wie kann ich meine Angst durchschauen?"

Der Meister antwortete: "Indem du dein Bewusstsein erweiterst. Indem du dich der Gegenwart öffnest und lernst, deine Gedanken und Gefühle zu beobachten, anstatt dich von ihnen kontrollieren zu lassen. Wenn du dich auf das Hier und Jetzt konzentrierst, wirst du erkennen, dass deine Ängste nur Gedanken sind, die wie Wolken am Himmel vorüberziehen. Sie haben keine Macht über dich, es sei denn, du lässt es zu."

Der junge Mann war skeptisch, aber er entschied sich, dem Meister zu vertrauen, und begann, seine Praktiken zu üben. Er meditierte, übte Achtsamkeit und dachte über seine Ängste nach.

Mit der Zeit spürte er eine Veränderung. Er fühlte sich ruhiger und ausgeglichener und konnte seine Ängste besser beobachten und durchschauen. Er erkannte, dass seine Ängste nur Gedanken waren, die er kontrollieren konnte, anstatt von ihnen kontrolliert zu werden.

Eines Tages besuchte er den Meister wieder und sagte: "Ich danke dir, dass du mir geholfen hast, meine Ängste zu überwinden. Ich fühle mich freier und mutiger als je zuvor.

Der Meister lächelte und sagte: "Mein Sohn, du hast die Kraft, deine Ängste zu überwinden, weil du erkannt hast, dass sie nur eine Illusion sind. Du hast gelernt, dein Bewusstsein zu erweitern und im gegenwärtigen Augenblick präsent zu sein. Jetzt kannst du in Frieden und Freiheit leben und dein volles Potential entfalten".

Der junge Mann dankte dem Meister und verließ die Hütte mit einem erweiterten Bewusstsein und einem tiefen Verständnis für die Natur der Angst. Von diesem Tag an praktizierte er regelmäßig und überwand seine Ängste, um ein erfülltes Leben zu führen.

Die Bürde der Moral - Eine Geschichte über Mitgefühl und Intuition

Ein junger und ein alter Mönch wanderten auf einem Pfad. Als sie an einen reißenden Fluss kamen, bemerkten sie eine junge Frau, die den Fluss nicht alleine überqueren konnte. Sie bat die Mönche um Hilfe.

Der alte Mönch zögerte nicht und trug die Frau auf seinen Schultern sicher ans andere Ufer. Die Frau bedankte sich und ging ihrer Wege. Der junge Mönch aber war wütend und empört, dass sein Lehrer gegen die Regeln und die Moral der Mönche verstoßen hatte, indem er eine junge Frau berührte.

Noch Stunden später war der junge Mönch voller Zorn. Der alte Mönch spürte seine Anspannung und fragte ihn, was los sei. Der junge Mönch erklärte ihm, dass es gegen die Moral und die Dogmen der Mönche verstoße, Frauen zu berühren, und dass er enttäuscht und wütend sei, dass der alte Mönch diese Regeln missachtet habe.

Der alte Mönch antwortete ihm: "Ich habe die Frau vor Stunden am Flussufer zurückgelassen, aber du trägst sie immer noch mit dir herum. Du klammerst dich so sehr an deine Moral und deine Dogmen, dass du nicht sehen kannst, dass sie nur Werkzeuge sind, die uns helfen, in Harmonie mit dem Leben zu leben. Wir müssen sie überwinden, wenn sie uns daran hindern, anderen zu helfen oder uns selbst zu entwickeln".

Der junge Mönch erkannte, dass er zu sehr an seinen Dogmen und Moralvorstellungen hing und dass sie ihn daran hinderten, anderen zu helfen und sich selbst zu entwickeln. Von diesem Moment an beschloss er, seine Moral und seine Dogmen zu überwinden und stattdessen auf sein Herz und seine Intuition zu hören.

Die Oase der Ruhe – Der Pfad der inneren Mission

Es war einmal ein junger Schüler, der seinen Zen-Meister fragte: "Meister, ich verstehe die drei Grundprinzipien der Meditation im Zen-Buddhismus nicht. Kannst du sie mir erklären?"

Der Meister blickte auf und antwortete: "Natürlich, mein Junge. Lass mich dir eine Geschichte erzählen.

"Es war einmal ein Mann, der machte eine lange Reise durch eine dunkle und gefährliche Wüste. Er hatte nichts zu essen und zu trinken und war von wilden Tieren und feindlichen Stämmen umgeben. Eines Tages kam er an eine Oase, wo es frisches Wasser und Nahrung im Überfluss gab. Er war so glücklich, dass er beschloss, eine Weile zu bleiben und sich auszuruhen".

"Aber der Mann hatte eine wichtige Mission und konnte es sich nicht leisten, zu lange zu bleiben. Er wusste, dass er weiterziehen musste, um sein Ziel zu erreichen. Nachdem er sich ausgeruht und gestärkt hatte, setzte er seine Reise fort".

"Das, mein Junge, sind die drei Grundprinzipien der Meditation im Zen-Buddhismus. Das erste Prinzip ist, dass du erkennst, dass du in einer gefährlichen und unbeständigen Welt lebst. Das zweite Prinzip ist, dass du erkennst, dass es eine Oase gibt, einen Ort der Ruhe und der Kraft. Das dritte Prinzip ist, dass du erkennst, dass du weitergehen musst, um deine wahre Mission zu erfüllen".

"Die Meditation im Zen-Buddhismus hilft uns, diese drei Prinzipien zu verstehen und zu integrieren. Durch Meditation lernen wir, unsere Gedanken und Emotionen zu beobachten, um uns bewusst zu werden, dass wir uns in einer instabilen Welt befinden. In der Meditation finden wir Ruhe und Kraft, um uns auf unsere eigentliche Aufgabe zu konzentrieren. Und schließlich hilft uns die Meditation, uns von den Dingen zu lösen, die uns am Vorankommen hindern, und uns auf den Weg zu unserer wahren Bestimmung zu konzentrieren."

Endlich verstand der Schüler die drei Grundprinzipien der Meditation im Zen-Buddhismus. Er bedankte sich beim Meister und begann sofort damit, diese Prinzipien in seinem Leben zu integrieren.

Der größte Feind des Wissens ist nicht Unwissenheit, sondern die Illusion des Wissens."

- Zen-

Die Kunst des Zazen – Eine Geschichte über Mitgefühl und Liebe

Es waren einmal ein Bruder und eine Schwester, die beide das Ziel hatten, ihre Seele zu vervollkommnen und in Zazen, der Sitzmeditation des Zen, vollkommen zu werden.

Eines Tages beschlossen sie, sich gemeinsam auf die Suche nach einem Meister zu machen, der sie in ihrer Praxis unterstützen könnte. Nach vielen Wochen erreichten sie schließlich ein kleines Dorf, in dem sie von einem alten Mönch hörten, der weithin als weiser Meister bekannt war.

Sie fanden den alten Mönch und fragten ihn um Rat. Der Meister erklärte ihnen, dass sie zuerst lernen müssten, ihre Gedanken und Gefühle zu beherrschen, bevor sie die Kunst des Zazen meistern könnten. Er gab ihnen die Aufgabe, einen Monat lang jeden Tag eine Stunde still zu sitzen und ihre Gedanken zu beobachten.

Die Geschwister begannen sofort mit der Übung, aber der Bruder fand es schwierig, seine Gedanken zur Ruhe zu bringen. Er kämpfte mit seinen Gefühlen und Zweifeln und war schnell frustriert. Seine Schwester hingegen schien in der Übung aufzublühen und machte schnell Fortschritte.

Eines Tages bat der Meister die Geschwister, ihn in die Berge zu begleiten. Unterwegs hielten sie an einem Fluss an und sahen einen Mann in Not, der zu ertrinken drohte. Ohne zu zögern sprang die Schwester in den Fluss und rettete den Mann. Der

Bruder beobachtete alles und war voller Bewunderung für die Tapferkeit seiner Schwester.

Als sie weitergingen, fragte der Meister den Bruder, warum er nicht geholfen habe. Der Bruder antwortete, dass er sich zu sehr auf seine Praxis konzentriert habe, um zu helfen. Der Meister erklärte ihm, dass das Ziel der Praxis nicht sei, sich von der Welt zu trennen, sondern die Welt und die Menschen darin zu lieben und ihnen zu helfen.

Der Bruder erkannte, dass er sich in seiner Praxis zu sehr auf sich selbst konzentriert und die Liebe und das Mitgefühl, die Teil der Praxis sein sollten, vernachlässigt hatte. Von diesem Tag an begann er, seine Gedanken und Gefühle mit mehr Liebe und Mitgefühl zu betrachten und sich auf die Verbundenheit aller Dinge zu konzentrieren.

Nach vielen Monaten intensiver Praxis trafen sich die Geschwister wieder mit dem alten Meister. Der Bruder erzählte ihm, dass er in seiner Praxis viel gelernt habe und dankbar sei, die Bedeutung von Liebe und Mitgefühl entdeckt zu haben. Die Schwester sagte dem Meister, dass sie ihre Praxis verbessert habe, indem sie ihre Erfahrung der Rettung des Mannes in den Fluss eingebracht und sich auf die Verbundenheit aller Dinge konzentriert habe.

Der Meister nickte zufrieden und sagte: "Ihr habt verstanden, dass das Ziel der Praxis nicht darin besteht, perfekt zu sein, sondern ein Leben der Liebe und des Mitgefühls zu führen. Das ist der Weg zur Vervollkommnung der Seele.

Die wahre Liebe als Disziplin - Ein Weg zur Vervollkommnung

Es war einmal ein Liebespaar, das sich innig liebte. Eines Tages fragte der Mann die Frau: "Wie können wir unsere Liebe vertiefen und vervollkommnen?" Die Frau antwortete: "Indem wir lernen, die Liebe als einen Weg der Vervollkommnung zu sehen. Wie beim Wandern auf einem Bergpfad müssen wir uns bemühen, den Weg zu meistern und uns dabei an der Schönheit der Natur zu erfreuen."

So begab sich das Paar auf den Weg der wahren Liebe. Sie lernten, sich in Geduld und Vergebung zu üben, die Bedürfnisse des anderen zu verstehen und zu respektieren. Sie meditierten gemeinsam und erkannten, dass wahre Liebe nicht nur ein Gefühl ist, sondern auch eine Disziplin, die gepflegt werden muss.

Eines Tages wurde die Frau schwer krank. Der Mann betete und meditierte für ihre Genesung. Nach einiger Zeit fragte er sie: "Wie geht es dir jetzt?" Die Frau lächelte und antwortete: "Ich fühle mich besser, aber das Wichtigste ist, dass ich weiß, dass unsere Liebe wächst und immer vollkommener wird, egal was passiert.

Und so fanden sie in ihrer Liebe zueinander die Freude und den Frieden, die nur die Vervollkommnung des Herzens und des Geistes bringen vermag.

Vom Verlangen zur Erfüllung - Die Schönheit des Inneren Dao

Es war einmal eine junge Frau von außerordentlicher Schönheit. Ihr Gesicht war so vollkommen wie ein Kirschblütenzweig, ihre Augen so klar wie ein Bergsee und ihre Gestalt so anmutig wie ein Kranich im Flug. Trotz ihrer Schönheit war die junge Frau einsam und konnte keinen passenden Partner finden.

Sie war verwirrt und fragte sich, warum das so war. Sie machte sich auf die Suche nach Antworten und traf schließlich einen alten Weisen, der auf einem Berggipfel lebte. Der Weise sah ihre Sorgen und fragte sie, was ihr Problem sei.

Sie erzählte ihm von ihrer Einsamkeit und ihrer Unfähigkeit, einen Partner zu finden. Der Weise hörte ihr aufmerksam zu und antwortete schließlich: "Dein Problem ist nicht deine Schönheit, sondern dein Wunsch, von anderen geliebt und begehrt zu werden".

Die junge Frau war verwirrt und fragte, wie sie dieses Verlangen überwinden könne. Der Weise antwortete: "Indem du lernst, dich selbst zu lieben und anzunehmen, ohne auf die Bestätigung anderer angewiesen zu sein. Wenn du dich selbst liebst, wird dich die Welt lieben. Wenn du das Verlangen nach Liebe aufgibst, wirst du Liebe im Überfluss erfahren".

Die junge Frau verstand die Weisheit des Weisen und begann, sich auf sich selbst zu konzentrieren. Sie meditierte und praktizierte das Dao der Selbstannahme und Selbstliebe. Schließlich wurde sie von innerem Glück erfüllt und zog auf natürliche Weise die Liebe anderer Menschen an.

Sie erkannte, dass wahre Schönheit und wahre Liebe von innen kommen und nicht von äußeren Merkmalen abhängen. Mit ihrem neuen Verständnis und ihrer inneren Stärke fand die junge Frau schließlich einen Partner, der ihre Seele auf wunderbare Weise ergänzte.

Die Lektion dieser Geschichte ist, dass wahre Liebe von innen kommt und durch Selbstakzeptanz und Selbstliebe gefunden werden kann. Wenn wir uns selbst vollständig annehmen und lieben, werden wir von innerem Glück erfüllt sein und die Liebe anderer Menschen wird ganz von selbst wachsen.

"Nichts ist stärker als die Stille, nichts mächtiger als das Wort." - Zen-Spruch

Die Reise durch die Wüste – Auf den Spuren des Dao

Es war einmal ein junger Mann, der sich auf den Weg machte, um das Dao zu suchen und seine Seele zu vervollkommnen. Er wanderte durch Berge und Täler, traf weise Mönche und Meditationslehrer, studierte alte Schriften und praktizierte täglich.

Eines Tages begegnete er einem alten Mann, der in einer Höhle in den Bergen lebte. Der Alte begrüßte ihn freundlich und fragte ihn, warum er gekommen sei. Der junge Mann erklärte, dass er auf der Suche nach dem Dao sei und seine Seele vervollkommnen wolle.

Der Alte lächelte und sagte: "Mein Sohn, das Dao kann man nicht suchen. Es ist bereits in dir. Es ist wie der Wind, der dich umweht. Du kannst ihn nicht sehen, aber du kannst seine Auswirkungen spüren."

Der junge Mann war verwirrt und fragte, wie er dann seine Seele vervollkommnen könne, wenn das Dao schon in ihm sei.

Der Alte antwortete: "Indem du deinen Geist leerst und dich dem Dao hingibst, kannst du deine Seele vervollkommnen. Sie ist wie ein Gefäß, das erst gereinigt werden muss, bevor es mit reinem Wasser gefüllt werden kann".

Der junge Mann verstand und fragte, wie er das tun solle.

Der Alte antwortete: "Durch die Praxis des Wu Wei, des Nicht-Handelns, kannst du deinen Geist leeren und dich dem Dao hingeben. Indem du deine Wünsche und Ängste loslässt und im gegenwärtigen Augenblick verweilst, kannst du die Wahrheit erkennen und deine Seele vervollkommnen".

Der junge Mann dankte dem Alten und kehrte zu seiner täglichen Praxis zurück. Er erkannte, dass das Dao bereits in ihm war und er es nur durch die Vervollkommnung seiner Seele zum Ausdruck bringen musste.

Verwurzelt und flexibel - Wie wir durch die Natur Weisheit erlangen

In einem kleinen Dorf in den Bergen lebte eine alte weise Frau, die für ihre Lehren und ihre Weisheit bekannt war. Eines Tages kamen einige Eltern zu ihr, um sie um Rat zu fragen. Sie erzählten ihr von ihren Sorgen um die Zukunft ihrer Kinder und wie sie am besten aufwachsen sollten.

Die weise Frau dachte einen Moment nach und sagte dann: "Ich habe eine Idee. Bringt mir eure Kinder, und ich werde sie in Weisheit und Wahrheit unterweisen.

Die Eltern brachten ihre Kinder zu ihr und die weise Frau führte sie in den Wald. Dort forderte sie die Kinder auf, sich einen Baum auszusuchen, den sie am meisten mochten, und ihn zu umarmen. Die Kinder folgten ihrer Anweisung und suchten sich alle einen Baum aus, den sie umarmen mochten.

Dann sagte die weise Frau zu den Kindern: "Stellt euch vor, ihr seid wie dieser Baum. Stark und fest verwurzelt in der Erde, aber auch flexibel und anpassungsfähig, wenn der Wind weht. Wie dieser Baum könnt ihr das Leben meistern und die Herausforderungen des Alltags bewältigen. Ihr müsst nur daran glauben und euch selbst vertrauen."

Die Kinder hörten aufmerksam zu und nickten verständnisvoll. Dann fragte ein kleines Mädchen: "Aber was ist mit den Blättern, die im Herbst vom Baum fallen?"

Die weise Frau lächelte und antwortete: "Auch die Blätter, die im Herbst vom Baum fallen, dienen einem höheren Zweck. Sie bereiten den Boden für neues Wachstum und ermöglichen es dem Baum, im nächsten Frühjahr wieder zu blühen. Vertraut darauf, dass alles, was in eurem Leben geschieht, seinen Platz und seinen Sinn hat".

Die Kinder verstanden die Weisheit der weisen Frau und gingen gestärkt und ermutigt nach Hause. Und von diesem Tag an wussten sie, dass sie wie die Bäume im Wald alles meistern können, was das Leben für sie bereithält, solange sie auf ihre innere Weisheit und Kraft vertrauen.

Raum für Wachstum - Eine Geschichte über das Entfalten von Potentialen

Ein weiser Daoist besuchte einige Eltern, die sich um die Zukunft ihrer Kinder sorgten. "Wie können wir sicherstellen, dass unsere Kinder weise und erfolgreich werden?", fragten sie.

Der Daoist antwortete: "Eure Kinder tragen die Weisheit, die sie brauchen, bereits in sich. Ihr müsst ihnen nur den Raum geben, sich zu entfalten und ihre Gaben zu entdecken".

Die Eltern waren verwirrt. "Aber wie können wir das tun?"

Der Taoist antwortete: "Indem ihr ihnen erlaubt, ihre eigenen Entscheidungen zu treffen und ihre eigenen Fehler zu machen. Seid da, um sie zu unterstützen und zu führen, aber lasst sie ihre eigenen Erfahrungen machen und daraus lernen. Gebt ihnen die Freiheit und den Raum, ihre Träume und Ziele zu verfolgen.

Die Eltern verstanden und begannen, ihren Kindern mehr Freiraum zu geben. Sie erlaubten ihnen, ihre eigenen Entscheidungen zu treffen und ihre eigenen Erfahrungen zu machen, auch wenn sie dabei Fehler machten. Die Kinder blühten auf und ihre Weisheit begann sich zu entfalten.

Der Daoist lächelte und sagte: "Seht ihr? Eure Kinder haben die Weisheit schon in sich. Ihr müsst nur den Raum schaffen, in dem sie erblühen kann".

Verbindung mit der Natur - Eine Quelle der Heilung und Erkenntnis

Es war einmal ein Mann namens Li, der in einer lauten und hektischen Stadt lebte. Eines Tages fühlte er sich von der ständigen Hektik um ihn herum überfordert und gestresst. Er sehnte sich nach Ruhe und Frieden und beschloss, einen Spaziergang im nahe gelegenen Wald zu machen.

Als er den Wald betrat, bemerkte er, wie still es dort war. Er hörte nur das Rauschen des Windes in den Blättern und das Zwitschern der Vögel. Er spürte, wie sich sein Körper entspannte und sein Geist zur Ruhe kam. Er setzte sich auf einen Felsen und betrachtete die Schönheit der Natur um ihn herum.

Plötzlich hörte er eine Stimme, die zu ihm sagte: "Ich bin die Natur und ich kann dir helfen, deinen inneren Frieden wieder zu finden". Li war erstaunt und fragte die Natur, wie sie ihm helfen könne.

Die Natur antwortete: "Alles in der Natur hat seinen eigenen Rhythmus und seine eigene Energie. Wenn du dich mit mir verbindest, kannst du meine Weisheit und Heilkraft erfahren." Li war neugierig und fragte, wie er sich mit der Natur verbinden könne.

Die Natur antwortete: "Atme tief ein und spüre die Luft in deinen Lungen. Spüre den Boden unter deinen Füßen und die Energie, die durch deine Füße in den Boden fließt. Schließe deine Augen und lausche dem Gesang der Vögel und dem Rauschen des Windes. Spüre, wie dein Körper sich entspannt und dein Geist zur Ruhe kommt.

Li tat, was die Natur ihm sagte, und fühlte sich wahrhaftig mit der Natur verbunden. Er fühlte sich ruhiger, ausgeglichener und glücklicher als je zuvor. Er erkannte, dass die Natur eine unendliche Quelle der Weisheit und des Friedens ist, auf die er jederzeit zugreifen kann, indem er sich einfach mit ihr verbindet.

Als er in die Stadt zurückkehrte, fühlte er sich anders. Die Stadt war immer noch laut und hektisch, aber er sah die Natur in allem um ihn herum. Er erkannte, dass die Stadt genauso ein Teil der Natur war wie der Wald und dass er immer noch Zugang zur Weisheit und Heilkraft der Natur hatte, wenn er sich nur daran erinnerte, sich zu verbinden.

So erkennen wir, das diese Geschichte die Weisheit und Heilkraft der Natur unterstreicht und wie der Mensch sie nutzen kann, um seinen inneren Frieden zu finden und aufrechtzuerhalten. Sie zeigt auch, dass die Natur nicht nur auf dem Land, sondern auch in der Stadt existiert und dass wir immer noch Zugang zu ihr haben, wenn wir uns nur daran erinnern, uns bewusst mit ihr zu verbinden.

"Das Glück ist wie ein Schmetterling: Es kommt zu dir, wenn du es am wenigsten erwartest."

- Zen-Spruch

Der Fluss des Lebens – Im Einklang mit dem Dao

Ein Schüler fragt seinen Dao-Meister: "Meister, was ist der Sinn des Lebens?" Der Meister antwortet: "Das Leben hat keinen bestimmten Sinn, wie ein Fluss keine bestimmte Richtung hat. Der Sinn des Flusses liegt darin, einfach zu fließen, sich den Gegebenheiten anzupassen und mit dem Fluss des Lebens zu gehen. Der Sinn des Lebens besteht darin, wach und aufmerksam im gegenwärtigen Augenblick zu sein, ohne sich an die Vergangenheit zu klammern oder sich Sorgen um die Zukunft zu machen. Auf diese Weise kann man die Schönheit des Lebens voll und ganz erfahren und genießen, während man sich im Fluss des Dao bewegt.

Die heilende Kraft der Stimme - Eine Geschichte über den Selbstausdruck

Ein junger Mann stand am Ufer eines Flusses und lauschte dem sanften Rauschen des Wassers. Er fühlte sich ruhig und friedlich, als er plötzlich einen Vogel bemerkte, der von Ast zu Ast hüpfte und fröhlich zwitscherte. Der junge Mann fragte den Vogel: "Warum singst du so fröhlich? Niemand hört dein Lied hier draußen am Fluss."

Der Vogel antwortete: "Ich singe nicht für andere, sondern für mich selbst und für das Universum. Jeder Ton, den ich singe, bringt mich meinem wahren Selbst näher und verbindet mich mit der Schönheit und Weisheit der Natur. Ich singe für den Augenblick und für das Leben selbst".

Der junge Mann erkannte, dass der Vogel recht hatte. Es ging nicht darum, von anderen gehört zu werden oder eine perfekte Stimme zu haben, sondern den Mut zu haben, seine Stimme zum Singen zu gebrauchen und sich mit dem Universum zu verbinden. Er fing mit dem Singen an und fühlte sich lebendig und frei.

Von da an sang er jeden Tag am Flussufer und bald schlossen sich ihm andere Menschen an, die seine Freude und Begeisterung spürten. Gemeinsam sangen sie und fühlten sich eins mit der Natur und dem Universum.

Die Lektion dieser Geschichte ist: Jeder von uns hat eine einzigartige Stimme, die gehört werden will. Wir sollten den Mut haben, mit dieser einzigartigen Stimme zu singen, ohne uns um das Urteil anderer zu kümmern. Indem wir uns mit unserer wahren Natur und dem Universum verbinden, können wir uns lebendig und frei fühlen.

Der Garten des Bewusstseins – Eine Entdeckungsreise in die Weiten des Bewusstsein

Es war einmal ein Meister, der lebte in einem wunderschönen Garten. Seine Schüler bewunderten die Pracht des Gartens und fragten ihn oft, wie es ihm gelungen sei, einen so schönen Ort zu schaffen. Der Meister lächelte und antwortete: "Mein Geheimnis ist meine Achtsamkeit.

Als die Schüler eines Tages im Garten spazieren gingen, bemerkten sie, dass der Meister inmitten der blühenden Blumen in tiefer Meditation saß. Sie näherten sich ihm, aber er bewegte sich nicht und schien in einer anderen Welt zu sein.

Als der Meister aus seiner Meditation erwachte, fragten ihn die Jünger: "Meister, wo bist du gewesen? Was hast du erlebt?"

Der Meister antwortete: "Ich war im Garten meines Bewusstseins. Jeder Gedanke, jede Blume, jedes Insekt - alles, was ich in diesem Garten sehe, spiegelt meinen Geist wider".

Die Schüler waren verwirrt und fragten: "Aber Meister, wie können wir unseren eigenen Garten des Bewusstseins erschaffen?"

Der Meister lächelte und sagte: "Indem ihr euch auf eure Gedanken konzentriert. Ihr seid dort, wo eure Gedanken sind. Wenn ihr negative Gedanken hegt, werdet ihr negative Erfahrungen machen. Wenn ihr positive Gedanken hegt, werdet ihr positive Erfahrungen machen".

Die Schüler nickten verständnisvoll, aber der Meister fuhr fort: "Aber ihr müsst auch verstehen, dass eure Gedanken nicht allein euer Bewusstsein ausmachen. Eure Werke, eure Worte und eure Taten sind ebenfalls Teil eures Bewusstseins und beeinflussen die Welt um euch herum."

Die Schüler dachten über die Worte des Meisters nach und erkannten, dass sie durch ihre Gedanken und Handlungen ihren eigenen Garten des Bewusstseins gestalten konnten. Sie verließen den Garten des Meisters voller Inspiration und Dankbarkeit für seine Weisheit.

"Denke nicht an das, was du verloren hast, sondern an das, was du noch hast."

- Zen-Spruch

Die Weisheit des Dao - Eine Geschichte über den Kreislauf des Lebens

In einer stillen chinesischen Landschaft lebte ein alter Mann, der tief in den Lehren des Daoismus verwurzelt war. Eines Tages fragte ihn sein kleiner Enkel: "Großvater, was passiert nach dem Tod?"

Der alte Mann lächelte und sagte: "Schau dir diese Blumen an. Wenn sie blühen, sind sie schön und voller Leben. Aber wenn ihre Blütenblätter verwelken und abfallen, kehren sie zur Erde zurück und dienen anderen Pflanzen und Tieren als Nahrung. So ist es mit dem Leben. Wenn wir geboren werden, blühen wir auf und erfüllen unsere Bestimmung. Aber eines Tages, wenn es an der Zeit ist, sterben wir und kehren zu unserem Ursprung zurück. Unser Körper wird eins mit der Erde, aber unser Geist und unsere Seele leben in der unendlichen Energie des Universums weiter. Wir gehen nicht verloren, sondern sind Teil des großen Ganzen, das alles durchdringt."

Der Enkel grübelte einen Moment und fragte dann: "Aber was ist mit dem Schmerz und der Traurigkeit, wenn jemand stirbt?" Der alte Mann antwortete: "Natürlich sind wir traurig, wenn ein geliebter Mensch stirbt. Aber wenn wir das Wesen des Dao verstehen, werden wir erkennen, dass der Tod nur ein Teil des Lebens ist. Der Tod erinnert uns daran, dass unser Leben begrenzt ist und dass wir jeden Augenblick schätzen und ehren sollten. Wenn wir im Einklang mit dem Dao leben, werden wir uns bewusst, dass alles Teil eines größeren Plans ist und dass Leben und Tod untrennbar miteinander verbunden sind. Durch den Tod können wir in den größeren Kreislauf des Lebens eintreten und Teil des ewigen Dao werden".

So erkannte der Enkel die Weisheit seines Großvaters und wusste, dass der Tod nicht das Ende, sondern ein neuer Anfang mit sich bringt.

„Der Weg zur Vervollkommnung führt nicht weg von den Alltagspflichten, sondern durch sie hindurch. Nur so kann man die Welt und das Selbst in ihrer Einheit erfahren. "

Zen

Epilog

Liebe Leserinnen und Leser,

ich hoffe, dass Sie sich durch die Geschichten in diesem Buch inspiriert und ermutigt fühlen, Ihr Leben bewusster und achtsamer zu gestalten. Die Weisheit des Zen kann uns helfen, unser inneres Potenzial zu entfalten, uns mit uns selbst und unserer Umwelt zu verbinden und ein erfüllteres Leben zu führen.

Ich möchte Sie ermutigen, diesen Weg weiter zu gehen und sich immer wieder von den Geschichten in diesem Buch inspirieren zu lassen. Lassen Sie sich von der Weisheit des Zen anregen, das Leben in all seinen Facetten zu erforschen und zu genießen. Seien Sie achtsam und liebevoll mit sich selbst und anderen und finden Sie in jedem Moment die Schönheit und Freude des Lebens.

Ich danke Ihnen, dass Sie sich die Zeit genommen haben, diese Geschichten zu lesen und hoffe, dass sie Ihnen genauso viel Freude und Inspiration bringen wie mir.

In diesem Sinne wünsche ich Ihnen alles Gute auf Ihrem Weg.

Mit herzlichen Grüßen

Andreas Wehle

"In der Stille findest du die Antworten auf die Fragen, die dich quälen."

- Zen-Weisheit